Disney

MICKEY Y SUS AMIGOS

Primeras letras

Repasa los trazos y las letras con un rotulador especial. ¡Intenta empezar en los puntos negros!

Nota para los padres: las flechas rojas indican la dirección de trazo que tienen que seguir los niños que escriben con la izquierda.

cliper

¡Hora de jugar!

A Mickey le encanta dibujar. ¿Quieres ayudarlo con estos trazos?

Practica con Mickey

Repasa de izquierda a derecha los trazos que Mickey ha hecho. Después copia debajo cada trazo. Intenta empezar y acabar en los puntos negros cada vez.

Sigue la línea

Pluto está jugando con unas mariposas. ¡Diviértete también con estas actividades!

Practica con Mickey

Repasa estos trazos. Después copia debajo cada uno, intentando empezar y acabar en los puntos negros cada vez.

¡Hora de jugar!

A Minnie le gusta jugar al tenis. ¡Mira qué trazo ha dejado la pelota!

Practica con Mickey

Repasa de izquierda a derecha los trazos. Después copia debajo cada uno, intentand empezar y acabar en los puntos negros cada vez.

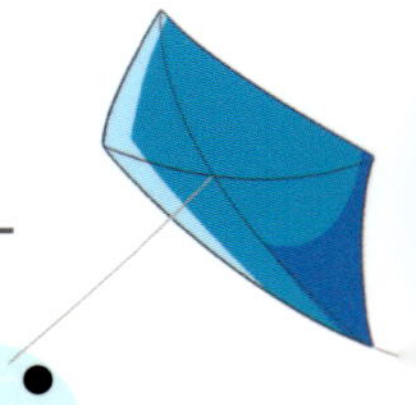

Sigue la línea

Mickey y el pato Donald te retan a realizar estos trazos. ¿Te atreves?

Practica con Mickey

Repasa los trazos. Después copia debajo cada uno, intentando empezar y acabar en los puntos negros cada vez.

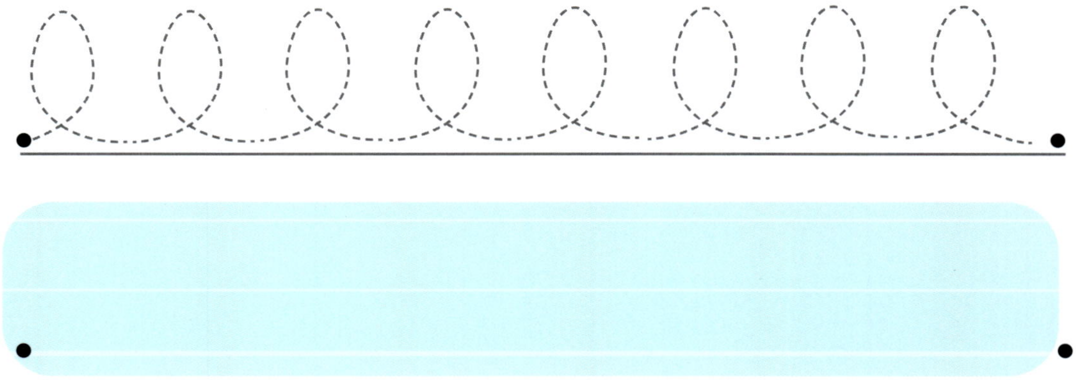

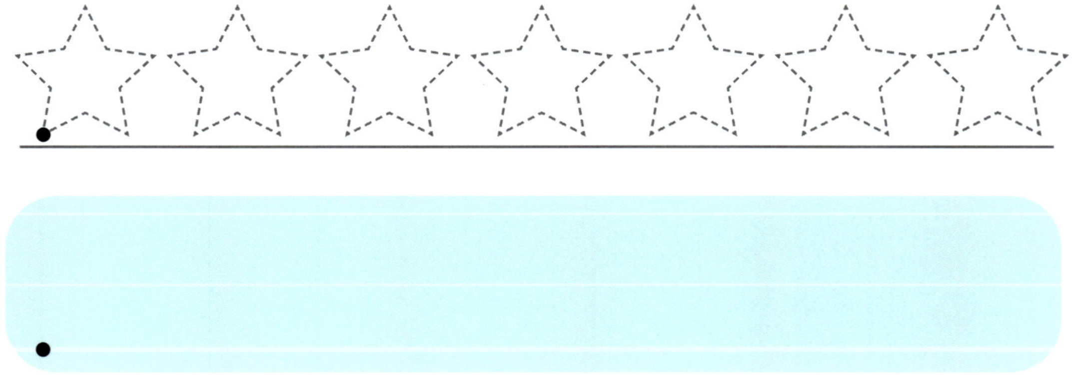

¡Aprendo las letras!

Estas letras se escriben bajando y después yendo en otra dirección: unas hacia la derecha y otras hacia la izquierda.

Practica con Mickey

Repasa los trazos para aprender estas letras. Después cópialas justo debajo. Sigue las flechas en el orden que indican los números para escribir cada letra.

i de idea

j de jabón

l de lazo

ll de galletas

t de tenis

u de uniforme

y de yoga

¡Más letras!

Ahora les toca a las letras que se escriben bajando y volviendo a subir y luego haciendo una curva hacia la derecha.

Practica con Mickey

Repasa los trazos para aprender estas letras. Después cópialas justo debajo. Sigue las flechas en el orden que indican los números para escribir cada letra.

b

b de barco

h

h de hoja

k

k de kétchup

m

m de mariposa

n

n de naranja

ñ

ñ de navideño

p

p de pirata

r

r de reloj

Letras redonditas

Les toca el turno a las letras redonditas. Escríbelas como si estuvieras dibujando un círculo. Algunas letras también tienen colas largas.

Practica con Mickey

Repasa los trazos para aprender estas letras. Después cópialas justo debajo. Sigue las flechas en el orden que indican los números para escribir cada letra.

a

a de actor

c

c de coche

d

d de ala delta

e

e de estrella

f

f de flor

g

g de guitarra

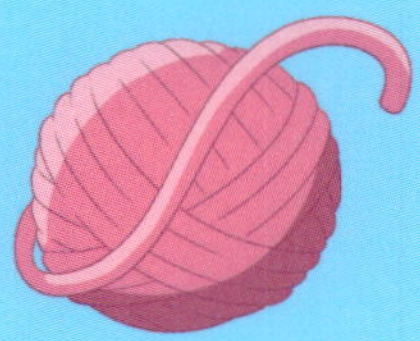

o

o de ovillo

q

q de queso

s

s de saludo

Letras en zigzag

Estas letras se escriben con líneas rectas que suben y bajan.

Practica con Mickey

Repasa los trazos para aprender estas letras. Después cópialas justo debajo.
Sigue las flechas en el orden que indican los números para escribir cada letra.

V

v de vela

W

w de sándwich

X

x de xilófono

Z

z de zanahoria

El abecedario

Practica con Mickey

Repasa los trazos para aprender a escribir las letras mayúsculas. Sigue las flechas en el orden que indican los números para escribir cada letra correctamente. Luego cópialas al lado.

A B C D

E F G H

I J K L LL

M N Ñ O P

Q R S T

U V W

X Y Z

Aprende los grupos consonánticos

Algunas letras forman nuevos sonidos cuando se juntan.

Practica con Mickey

Repasa los trazos. Después di las palabras en voz alta.

plato

pl

probeta

pr

tabla

bl

brújula

br

escribir

cr

claxon

cl

globos

gl

negro

gr

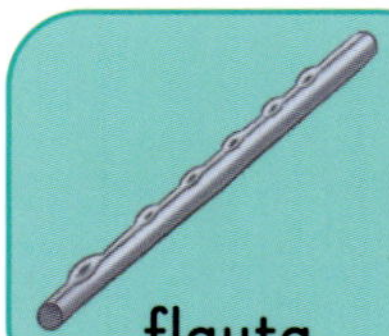
flauta

fl

fresa

fr

astronauta

tr

cuadro

dr

Escribo palabras

Ahora intenta poner letras juntas para formar palabras.

Practica con Mickey

Repasa los trazos y luego copia la palabra al lado en cada línea.

abeto

fruta

lupa

taza

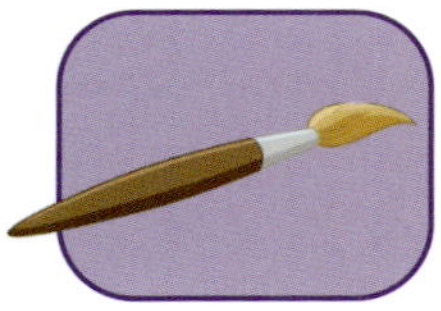

pincel

coche

bola

oso

Escribo nombres

Ayuda a Mickey y sus amigos a escribir sus nombres.

Practica con Mickey

Repasa los trazos para completar los nombres. Escribe el tuyo en la última línea. Utiliza las letras de la parte inferior de la página para ayudarte.

Mickey

Minnie

Donald

Daisy

Aa Bb Cc Dd Ee Ff Gg Hh Ii Jj

Kk Ll LLll Mm Nn Ññ Oo Pp Qq

Rr Ss Tt Uu Vv Ww Xx Yy Zz

¡Qué divertido es practicar con Mickey!